독일에 간 한국 간호원

독일에 간 한국 간호원

강위조 지음

대양미디어

말도 다르고 문화도 다른 독일에 파견되어 인간의 공통된 아픔을 들어주며 화해와 박애 정신을 도모하는데 이바지하신 한국 간호원들, 인류에의 사랑과 세계 평화를 위하여 일하시는 벗님들에게 이 희곡을 바칩니다!

지은이 올림

차 례

나오는 사람들

- 장수조 서울 고등간호학교 교수, 32세
- 김영숙 한국 간호원, 25세
- 이순이 한국 간호원, 24세
- 김명희 한국 간호원, 24세
- 강순자 한국 간호원, 23세
- 박은희 서울 고등간호학교 교장, 45세
- 마이어(Meyer) : Frankfurt 대학병원간호부장, 40세
- 바우어(Bauer) : Frankfurt대학병원 원장, 50세

때 : 1960년대와 1970년대 사이

제 1막 1장

(서울 고등간호학교 강의실, 막이 오르면 제복을 입은 간호학생 20명가량이 앉아있고 흰 가운을 입은 남자교수(장수조)가 학생들을 바라보고 있다.)

장수조 : 학생들! 수업시간이 다 지났지만 잠깐 앉아계세요. 수업을 끝내기 전에 지난주에 본 여러분의 시험 답안지를 돌려 드리겠습니다.

(시험 답안지를 배부할 때 학생들 이름을 부르기도 하고, 가까이 있는 학생에게는 건네주기도 하면서 김영숙 이름을 부른다. 김영숙 앞으로 나가 장수조 교수 앞에 선다.)

장수조 : (시험지를 건네주며) 김영숙 학생은 언제나 시험을 잘 봐……

김영숙 : 아이, 선생님도…… 시험을 잘 본다고만 하시지 말고 제 실력이 참 좋다고 칭찬해 주세요.

(학생들 시선이 김영숙에게 집중한다. 김영숙 답안지에 97이라고 쓴 빨간 숫자가 보이는 답

안지를 들어 보인다.)

장수조: 이번 시험결과로 보아서 여러 학생들의 노력의 결과가 보입니다. 그런데 90점 이상 받은 학생은 이 클래스(Class)에 두 사람밖에 없습니다. 다음 시험엔 많은 학생들이 90점 이상 받도록 노력하시기 바랍니다. 오늘 수업은 이것으로 끝내겠습니다.

(학생들이 일어선다. 몇 몇 학생은 그대로 앉아서 서로 이야기를 나누고 있다. 이순이와 김영숙이 웃음을 띠고 눈을 마주보면서 학생들이 없는 교실 한쪽으로 간다.)

이순이: 영숙이 너는 정말 수재야. 그렇게 딴 아이들처럼 시험 준비도 많이 하지 않으면서 언제나 그렇게 좋은 성적을 받으니 말이야. 나는 밤낮 쪼아도 90점 이상 받는 날이 없어. 정말 간호학이라는 것이 내가 해야 할 공부인지 모르겠어.

내가 이 간호학교에 지원해 온 때엔 여성으로서 간호원 이상 좋은 직업이 없을 것 같아서 이 학교에 입학했는데, 정말 힘이 들어……

김영숙: 너는 정말 바보야, 너와 같이 현명하고 집도 가난하지도 않고 딴 대학교에 가서 핸섬(handsome)한 남학생들과 섞여서 멋있게 대학생활 할 수 있는데, 뭣 때문에 이런 약 냄새 나는 간호학교에 와서 고생하느냐 말이야? 밤낮 만나는 사람은 병든 사람들이고 남자라는 의사들은 밤낮 흰 가운만 입고 다니고 얼굴은 창백하고 그나마도 노총각 장수조 선생만 빼고 다 결혼까지 해 버렸으니…… 정말 딱하지, 딱해!

이순이: 나는 그런 것은 문제가 되지 않아. 오히려 그렇게 병들고 몸도 잘 쓰지 못하는 사람을 내가 도울 수 있을 때 삶의 가치를 느끼는 것 같아서 이 간호학교에 입학한 것을 다행으로 생각하는데, 그러나 공부하는 것이 정말 힘이 들어……

김영숙: 애, 너는 밤낮 교회 설교하는 것 같은 소리만 하는구나, 너의 생각과 생활태도는 이 사회 현실과 너무 거리가 멀어. 서로 시기하고 증오하고 부패한 사회에서

너처럼 살다가는 생의 낙오자 밖에 되지 않아.

이순이 : 그럴까?

김영숙 : 그렇고 말고, 이 세상은 오직 자기 이익을 위해 살아야 되는 거야. 남을 위하고 자기를 희생하는 사람은 진정 자기 삶을 희생하는 것 밖에 안 되는 거야. 간호원이든 의사든, 직업이란 것은 자기가 먹고살기 위한 생활수단에 지나지 않는 거야.

이순이 : 그럼 너는 간호원이 되기 위해 이 간호학교에 온 것이 아니니?

김영숙 : 그럼! 내가 간호원이 될 여자 같아? 야! 너도 사람 참 못 알아보는 구나. 내가 간호학교에 온 것은 고등교육을 받는 우리나라 젊은 여성의 대열에서 낙오되지 않기 위한 하나의 방법이야. 간호원이 되어서 유망한 의사와 만나 결혼하는 것이 나의 꿈이야.

이순이 : 난 너의 그 꿈이 실현되길 빌어.

김영숙 : 얘, 비는 것이 뭐냐? 나 개인의 목적달성을 위해 나 자신 행동할 뿐이야. 빌어서 뭣 되는 것 있냐? 더욱이 네가 빌어서 되는 것이 뭣이냐?

(잠깐 숨을 돌린 후 영숙이 조용한 말로 다시 말한다.)

김영숙 : 6·25사변이 있기 전에 우리 집도 꽤나 잘 살았어. 그러나 사변 때 아버지는 행방불명이 되고 집은 불타 버리고 많은 동생들…… 어떻게 내가 돈 많이 드는 대학에 들어갈 수 있겠어? 그렇다고 병신처럼 집에만 있을 수도 없고. 그래서 돈 적게 드는 학교를 선택한 것이 간호학교야. 이렇게 사는 중에 훌륭한 남자나 만나서 결혼이나 한다면 그 이상 행복한 일은 없겠지……

미국에서 유학한 돈 많은 의사면 더욱 좋겠지…… 그런 사람 만나서 결혼이나 했으면 하는 것이 나의 희망이야.

이순이 : 야! 정말 좋은 희망이야. 그 희망이 꼭 이루어지길 빌어줄게.

김영숙 : 얘, 아까 말했듯이 네가 빌어준다고 되는 것이 아니야. 나 자신 개인의 목적달

성을 위해서 행동할 뿐이야. 그러니 날 위해 빌어준다는 말 하지 말아줘.

이순이 : 너는 정말 행동주의자야! 너에게 인생을 좀 배워야 되겠어.

김영숙 : 그럼~ "행동 없이 되는 것이 없다."는 것이 나의 신념이야. 세상 입장과 처지에 따라서 적당히 행동하는 것이 제일 중요해! 간호학교 졸업하는데도 적당히 행동하란 말이야. 필요하면 적당히 커닝 페이퍼도 만들고 해서 좋은 성적을 받는 거야. 너처럼 밤낮 쪼아도 별 수 없어.

(이때 다음 수업시간을 알리는 종소리가 울린다.)

김영숙 : (혼자말로) 정말 수업에 들어가기 싫어. 이렇게 서늘하고 맑은 가을날 자동차를 가진 Boy Friend가 있으면 Drive나 하고 싶어…… 아! 영숙이 신세……

(학생들 각자 자리에 앉고, 장수조 교수가 다시 들어와 교단에 선다.)

장수조 : 자! 여러분 다시 수업 시작합시다. 그런데, 오늘 정말 좋은 가을 날씨입니다. 그렇지 않아요?

학생들 : 네~

학생 1 : 선생님! 오늘 수업 그만 하시죠?

장수조 : 그래요? 나도 오늘 같은 날씨에는 강의하고 싶지 않네요. 하지만 여러분! 이제 졸업을 앞둔 여러분들은 더욱 열심히 공부해야 되지 않겠습니까? 자! 수업 시작하겠습니다.

(이때 교실 문을 가볍게 두드리는 소리가 들리고 간호학교 교장 박은희가 들어온다. 모두의 시선이 교장에게로 쏠린다. 박은희 교장 문을 들어서고 장수조 교수에게 다가가 무언가 귓속말로 말한 후 교단에 선다.)

박은희 교장 : 여러분 이렇게 아름답고 좋은 날씨에 공부하기 싫죠?

학생들 : 네~

(어떤 학생들은 박수치고 환호한다.)

박은희 교장 : 좋은 날씨에 여러분에게 좋은 소식을 전하려고 이렇게 제가 이 자리에 섰습니다.

(학생들 다시 박수치며 환호하고 무슨 소식인가에 궁금해 하며 교장에게 주목한다.)

박은희 교장 : 오늘 아침 우리나라 정부기관에서 알려온 특별통지에 의하면 우리나라 정부와 서독 정부와의 특별협의에 따라 우리나라 간호원 400여명이 독일에 가게 된다고 합니다. 독일에 가게 될 간호원들은 현지 간호원과 똑같은 대우와 급여를 받게 된다고 합니다.

(학생들 기뻐하며 자리에서 일어나 환성을 지른다. 학생들 다시 자리에 앉아 교장에게 주목한다.)

박은희 교장 : 자세한 내용과 여러 가지 실무 문제에 대해서는 다음 주 수요일 오후 3시에 문교부 회의실에서 있을 관계자들의 특별회의에서 알려질 예정이라고 생각합니다. 질문 있으면 내가 아는 범위에서 알려 줄 테니 질문해 주기 바랍니다.

김영숙 : (재빨리 손을 들며) 교장 선생님!

박은희 교장 : 네, 영숙양.

김영숙 : 교장선생님! 독일까지 가는 여비는 누가 부담하게 됩니까?

박은희 교장 : 물론 독일 정부가 부담하게 되어 있습니다. 독일까지 가는 여비뿐 아니라

한국으로 돌아오는 왕복 항공료와 모든 보험료 등을 독일 정부에서 부담하게 되어 있다고 합니다.

학생 2 : 독일에 갈 수 있는 간호원은 어떤 자격의 간호원이 가게 됩니까?

박은희 교장 : 네, 간호학교를 좋은 성적으로 졸업한 간호원이나 여러분과 같이 졸업을 앞둔 간호학교 학생으로 신분이 확실하고 학교장의 추천이 있는 분이 되리라 생각합니다.

학생 3 : 이러한 자격의 간호원을 누가 심사하게 됩니까?

박은희 교장 : 다음 주 수요일에 문교부에서 모이는 회의의 중요한 목적중 하나가 바로 독일 파견 간호원 선택 심사위원회를 형성하기 위한 것입니다. 이 심사위원회에서 독일 파견을 위한 간호원을 심사하게 될 것입니다.

김영숙 : 교장선생님은 그 심사위원에 들어가시나요?

박은희 교장 : 글쎄요, 그렇게 된다면 좋겠지요?

(학생들 흥분하여 여기저기 웅성거린다.)

박은희 교장 : 여러분 흥분하지 마세요. 그리고 더 이상 질문이 없으면 나는 여기서 마치겠습니다. 장 선생님 수업 계속하시기 바랍니다.

(박은희 교장 교실 밖으로 나가고 학생들은 계속 웅성거린다. 장수조 교수 교단에 올라와 학생들의 흥분이 가라앉고 조용해지도록 기다린 뒤에)

장수조 : 자! 자! 시간이 많이 지났지만 수업을 계속하겠습니다.

김영숙 : 장 교수님 우리들이 독일 간다는 소식을 듣고 너무 기쁘고 흥분되어서 공부할 기분이 나지 않습니다. 오늘 수업은 이것으로 그만하는 것이 어떻습니까?

(장수조 교수 들고 있는 작대기로 책상을 탁 때린다. 순간 학생들 조용해지고 놀란 표정으로

서로를 바라본다.)

장수조 : 그러한 소식이 있기 때문에 더 시간을 아껴서 공부해야 되지 않겠습니까? 여러분은 이제 한국의 간호원인 동시에 독일의 간호원이 될 것이며 세계의 간호원이 될 것입니다. 여러분은 세계 어느 곳에 가든지 능숙하고 존경받는 간호원이 되어야 합니다. 그래서 여러분은 더 열심히 공부하여야지요!

(학생들 대부분이 고개를 숙이고 교실 안은 조용해진다.)

장수조 : 간호학이라고 하는 것은 많은 지식도 필요하지만, 지식 이상으로 기술이 필요한 학문입니다. 지식과 기술과 아울러 간호학은 간호사의 직업적 책임감, 고도의 윤리 도덕을 요구하기도 합니다. 앞으로 여러분이 이 간호학교를 졸업할 날이 몇 달 밖에 남지 않았는데, 여러분이 배워야 할 지식, 익혀야 할 기술 등이 너무 많은 것 같습니다. 자 공부합시다.

(이때 종이 울리고, 막이 내린다.)

제 1막 2 장

(서울 고등간호학교 건물이 보이는 정원에 간호원, 간호학교 학생들, 흰 가운을 입은 의사들이 여러 식탁에 앉아 점심을 먹고 있고, 몇 사람들은 책을 보고 있다. 깊어 가는 가을 날씨에 어떤 간호원은 검은 스웨터(Sweater)를 입고 있다.)

김영숙 : 지난 주 수업에서 장 선생이 한 말 "간호학은 간호원의 직업적 책임감, 고도의 윤리 도덕을 요구" 한다는 말 정말 듣기 싫었어. 간호원이면 간호원으로서의 지

식, 그리고 기술만 있으면 훌륭한 간호원이지 무슨 윤리 도덕을 갖추어야 된다는 말 듣기 싫었어.

이순이 : 어느 직업이든 다 도덕과 윤리가 따르는 것이 아니겠니?

김영숙 : 그래 너는 또 장 선생 편을 들자는구나. 윤리 도덕이라는 것은 종교인이나 가지는 것이지 간호원은 어디까지나 기술과 지식을 중요시 하는 직업인이야. 그 기술과 지식에 직업인으로 충실해야지. 무슨 도덕이 어떻고 윤리가 어떻고 하는 것은 기술자로서의 간호원에 적합지 않는 말이야.

이순이 : 나는 모든 사람이 도덕과 윤리를 지켜야 한다고 생각해. 그렇지 않으면 어떤 사회도 국가도 질서가 서지 않고 혼란해 질 것 같아.

김영숙 : 한 사회와 국가의 질서는 그 국가의 법으로 유지되어야지 사람들의 윤리 도덕 관념으로 유지되지 못해. 이 세상에 여러 종교가 있는 것처럼 사람들의 도덕, 윤리 관념도 가지각색이야.

이순이 : 독일에서는 간호원을 천주교회에서 수녀를 부를 때처럼 슈베스트(Schwester)라고 하고 꼭 병원 간호원을 지적할 때에는 크란큰하우스(Krankenhouse) 슈베스트(Schwester)라고 부른다는데…… 그러니까 간호원도 종교 생활과 깊은 관계가 있는 것이 아니겠니? 그래서 간호원 생활도 도덕 윤리 생활과도 긴밀한 연관을 가지고 있는 것이라 생각해……

김영숙 : 서양 기독교 국가들의 병원이라는 것은 교회의 일부로서 발전된 것이고 지금도 교회에서 일하는 사람이나 병원에서 일하는 사람을 하느님과 교회에 몸 바친 수녀나 신부님으로 보는 것은 옳지 않다고 생각해. 독일 같은 나라에서 간호원이라는 것은 병원 환자 몸 씻어주고 약 먹여주고 병원 청소하는 정도의 하급 직업인 밖에 되지 않고 독일에서 간호학은 우리나라 수준보다도 낮으며 독일 간호원은 국제간호원협회에 가입할 자격도 없는 거야. 그래서 현대 독일 처녀들이 간호원이 되려고 하지 않게 되어 간호원은 모자라고 병원들은 커가고 하니까 우리 한국 간호원들을 독일로 데리고 가는 거야. 그래서 우리가 독일에 가면 병원 소제하고, 환자 목욕시키고 하는 정도의 교회 봉사사업 같은 것을 초월

해서 의사와 함께 일하는 지식과 기술을 갖춘 전문직업인이라는 자부심을 가져야 하는 거야.

이순이 : 영숙이 너 언제부터 그렇게 독일 간호원들에 대해서 많이 알고 있니?

김영숙 : 순이야, 너는 정말 나를 못 알아보는 거야. 이래보아도 나는 오래전부터 미국이나 독일에 갈 것을 꿈꾸며 이런 나라에 대해서 많은 책을 보고 공부하고 있는 거야. 그리고 지난 주 한국 간호원들이 독일에 간다는 소식을 듣고 나는 독일에 관한 많은 책을 읽고 있어.

이순이 : 영숙이, 너 참 훌륭해. 독일에 대해서 아는 것 더 이야기 해봐.

김영숙 : 독일은 제2차 세계대전에서 가장 많이 파괴된 나라야. 그리고 그들이 가지고 있던 땅도 전쟁 후 불란서, 폴란드에 많이 빼앗기고 지금의 독일 본토도 미국, 영국, 프랑스, 그리고 소비에트의 네 국가 군대들이 주둔하고 있어. 심지어 그들의 수도 베를린은 동베를린과 서베를린으로 분열되어 있어.

이순이 : 독일이 분열되어 있는 것은 우리나라가 남북으로 분열되어 있는 것과 비슷하군……

김영숙 : 그렇지 않아. 독일이 분열된 것은 독일 이웃국가를 불법적으로 침입하여 전쟁을 일으키고, 그 전쟁이 세계전쟁으로 확대되고 그 세계전쟁에서 패전한 독일이 받아야 할 당연한 패전의 결과야. 그러나 우리나라가 38선으로 분열된 것은 미국 때문이야(영숙이 누가 듣지나 않은가 옆을 살피고 난 뒤, 이순이에게 말을 계속한다). 제2차 세계대전이 끝날 무렵, 1945년 5월 독일이 연합군에게 항복한 뒤에도 일본은 연합군 더욱이 미국에 대항해서 전쟁을 계속할 때, 미국은 승리하고 있었지만, 이오지마, 오끼나와 전투에서 많은 미군의 희생자가 발생하니까 미국은 생각하기를 일본 본토에 상륙작전을 할 때 너무나 많은 희생자가 날 것 같아 미국은 속히 전쟁을 끝내기 위한 두 가지 계획이 있었던 거야. 그 하나는 비밀리에 원자폭탄을 제조하고 일본에 떨어뜨릴 계획과 또 하나는 소련이 일본에 선전포고를 하게 하여 일본에 대항하는 전쟁에 개입하도록 미국이 적극 소련을 극동의 전쟁에 끌어들이게 한거야. 소련은 독일과의 전쟁에서 많은 희생자를 내어

극동에서 일본과 대항하는 전쟁에 참여하기를 주저하였지만 전후의 이익을 생각해 그들은 일본 제국에 선전포고를 하고 단시일에 중국 만주를 통해 우리나라 북쪽으로 침입한거야. 그러니까 미국의 초청과 요구대로 우리나라의 북쪽에 들어온 미국의 전시 우방국가인 소련 군대를 미국이 한반도에서 나가달라고 할 수는 없었겠지? 그때에 미 국방성에 일하던 딘 라스크(Dean Rusk)라는 정보장교가 북위 38선을 제안하고 북위 38선 북쪽의 한반도와 만주의 일본군대의 무장을 소련군대가 해제하고 또 38선 이남의 한반도와 일본은 미국이 주둔하고 치안 유지를 한다는 합의로 우리나라가 분열된 거야. 그러니까 우리나라의 분열과 독일의 분열은 그 역사적 배경으로 봐서나 그 분열의 성격에 있어서 아주 다른 거야.

이순이 : 야~ 영숙아, 너 간호사가 아니라 역사 교수가 되어야 되겠다. 네가 역사에 대해서 이렇게 박식한건 참 몰랐다. 네가 말한 대로 나는 너를 정말 잘못 알아 봤구나.

김영숙 : 독일은 패전국가로서 독일이 두 조각이 나고 네 조각이 나더라도 분열될 이유가 있었지만, 정말 우리는 너무 억울해. 우리는 연합국의 적국 일본의 식민지였고, 우리 민족은 일본과 싸운 연합국 편에 서야 할 승리의 나라가 이렇게 두 조각으로 분열됐다는 것은 너무나 큰 민족의 비극이며 역사의 아이러니야!

이순이 : 정말 그렇고 말고…… 그러나 우리나라가 독일보다 일찍 통일하여서 통일국가로서 발전한다면 역사의 비극을 이기고 자랑스러운 나라가 되지 않겠니?

김영숙 : 그렇게 되어야 할 우리나라가 통일에 대해서 아무 준비가 없는 거야. 이것은 우리가 통일을 원하고 있지 않다는 것인지 또는 통일할 민족적 단결력이 없다는 건지 민족의 한사람으로서 정말 수치스러워. 심지어 통일을 주장하는 사람은 감옥에 가고 더욱이 평화적으로 남북이 통일한다는 것을 주장하면 빨갱이로 몰려서 감옥살이를 해야 되니 한심한 노릇이야. 일본의 항복을 받아들이고 일본군대의 무장해제를 위해 두 나라의 군대가 38선 남북으로 주둔한 뒤, 갈라진 조국은 6·25전쟁을 가져왔고, 같은 민족이 사는 남과 북은 이 세계 어느 나라의

국경지대보다 무서운 무기와 많은 군대들이 대결하여, 쥐새끼 한 마리도 같은 땅을 오고 가지도 못하는 이러한 수치가 어디 있겠니? 동독과 서독 사이는 베를린을 통해 5분마다 기차가 양쪽으로 왔다 갔다 한다는데……

이순이 : 너와 동감이야, 나는 언제나 남북의 분열은 우리 민족의 비극만이 아니라 우리 민족의 세계사에 남기는 크나큰 수치라는 것을 알고 있어. 6·25때 하나있는 오빠가 전사했다는 소식을 듣고 슬퍼하던 아버지와 어머니를 생각할 때 다시는 이러한 전쟁이 우리 같은 겨레와 조국의 땅에서 있어서는 안 된다고 생각했어. 나는 독일에 가면 독일 사람들이 독일의 분열과 통일에 대해서 어떻게 생각하며 뭣을 계획하고 있는지 배우고 싶어.

김영숙 : 그래, 순이야! 독일에 가게 되면, 여러 가지 새로운 것도 보게 되고 새로운 자극도 받고 세계를 보는 우리 눈도 넓어지겠지. 외국을 여행하고 외국문화를 접한다는 것이 얼마나 좋은 일인가! 꼭 독일에 가는 간호원 심사에 통과되기를 빌고 싶어.

(김영숙 손을 모아 기도하는 것처럼 고개를 숙인다.)

이순이 : 너는 비는 것을 아무 효과 없는 일이라더니 너도 빌 줄을 아는구나. 너, 영숙인 참 재미있는 친구야.

제 2막 1장

(독일 파견 한국 간호원 선발 심사장

무대 오른쪽 간호복을 입은 간호원 둘과 흰 가운을 입은 의사 하나가 서있고 7명의 심사위원이 앉아 있다. 심사위원석 중앙에 심사위원장이 앉아 있고, 그 옆에 박 교장이 자리를 잡고 있다. 심사위원석 자리 앞에는 의자가 하나 놓여 있다.)

간호원 1 : (문밖을 내다보면서) 강순자 씨 들어오십시오.

(강순자 조심스럽게 심사장으로 들어온다.)

심사위원장 : (옆에 서있는 간호원을 지적하면서) 이분의 체온을 재면서 혈압도 함께 재어 보세요.

강순자 : 네! (대답한 후 책상위의 체온기를 들고 두세 번 흔든 뒤에 지정된 간호원의 입에 체온기를 물리고 혈압을 잰다. 이 모든 행동을 심사위원들 심각하게 보고 있다.) (강순자 체온과 혈압 재는 일이 끝난 후)

심사위원장 : 강 간호원 좋습니다. 의자에 앉으십시오. (강 간호원 의자에 앉는다.) 강 간호원께서는 학교 성적도 좋고 실습도 잘 하셨고 추천서도 좋습니다. 강 간호원이 독일에 가면 우리나라 문화도 소개하고 외국인과 접촉할 기회도 있을 터인데, 그런 기회에 한국의 민요나 무용 같은 것 소개할 수 있습니까?

강순자 : 저 고등학교 다닐 때 한국 고전무용을 조금 배운 일이 있습니다.

심사위원장 : 한번 보여 주실 수 있습니까?

강순자 : 네. (준비해온 녹음테이프를 틀고 음악에 맞추어서 간호복을 입은 그대로 멋있게 전통 장구춤을 춘다.)

(춤이 끝났을 때 심사위원들 모두 만족한 듯이 박수를 친다.)

심사위원장 : 강 간호원 잘 하셨습니다. 결과는 학교를 통해 알리겠습니다.

심사위원 1 : 김명희 씨 들어오십시오.

(김명희 들어와서 심사위원들 앞에 선다.)

심사위원 2 : 김 간호원 이 주사약을 주사기에 넣어 보십시오.

(김명희 주사약 끝을 소독하고 깨끗이 주사기에 약을 넣고 약을 밖으로 뿜어본다.)

장수조 : 잘하십니다. 김 간호원이 독일에 가시면 독일 사람들 앞에서 보여줄 수 있는 한국 춤이나 부를 수 있는 노래가 있습니까?
김명희 : 네 있습니다. 불러 볼까요?
심사위원 3 : 네, 한번 들어봅시다.
김명희 : 밀양 아리랑을 부르겠습니다. '날 좀 보소오. 날 좀 보소오. 날 좀 보소……'

(밀양 아리랑을 아주 맵시 있게 잘 부른다. 일절을 부르고 난 뒤)

심사위원장 : 좋습니다. 나가셔도 좋습니다.

(김명희 퇴장한다.)

심사위원 4 : 다음 이순이 씨 들어오십시오.

(이순이 조심스럽게 들어와 심사위원들 앞에 선다.)

심사위원 4 : 저의 체온과 혈압을 좀 재어 보십시오.

이순이 : 네!

(이순이 체온과 혈압을 능숙하게 잰 뒤)

심사위원 5 : 이 양께서 독일에 가시면 그곳 사람들에게 들려줄 우리나라 민요를 아는 것 있습니까?

이순이 : …… 알고 있는 우리나라의 민요가 몇 가지 있고 또 좋아도 하지만 잘 부르지는 못합니다.

심사위원장 : 여기 심사위원들에게 보이고 싶은 자랑거리나 들리고 싶은 노래가 있습니까?

이순이 : 그러한 재능은 별로 없고 제가 만일 선택된다면…… 독일에 간다니까…… 제가 낭송하고 싶은 독일 시가 하나 있습니다.

심사위원장 : 좋습니다. 들어봅시다.

(이순이 일어서서 평범하나마 똑똑한 독일 발음으로 시를 낭송하고, 심사위원들 심각하게 듣는다.)

이순이 : (Heinrich Heine의 시를 낭송한다.)

Du bist wie eine Blume,

So hold und schön und rein;

Ich schau dich an, und Wehmut

Schleicht mir ins Herz hinein.

Mir ist, als ob ich die Hände

(손을 들어 이마에 얹는 듯이 하면서)

Aufs Haupt dir legen sollt,

Betend, dass Gott dich erhalte

So rein und schn und hold.

심사위원장 : 그 시 번역을 할 수 있습니까?

이순이 : 잘 못하지만 이러한 번역이 되는 것 같습니다.

당신은 꽃과 같이

예쁘고 얌전하고 아름다워라

내가 당신을 바라볼 때엔

그리움에 당신은 나의 가슴에 스며듭니다.

이럴 때마다 나는

당신의 머리위에 나의 손을 얹고

하느님에게 빌고 싶습니다.

언제나 얌전하고 어여쁘고 아름다우시라고!

심사위원장 : 참 아름다운 시입니다. 어떻게 해서 그 시를 그렇게 좋아하며 외우고 계십니까?

이순이 : 얼마 전 저의 오빠의 일기장을 더듬어 보다가 오빠께서 그 일기책에 써 놓은 이 시를 읽었습니다. 이 시는 Heinrich Heine가 쓴 시입니다. 그 오빠는 이 시를 퍽 사랑하였던 모양이에요. 그러나 그 오빠는 어느 아름다운 처녀의 머리위에 손을 대어볼 기회도 갖지 못하고 6·25때 젊은 학도병으로 전사하였습니다. 제가 이 시를 외울 때마다 저는 그 오빠를 생각하게 되며 이 나라의 불행한 많은 여성의 머리위에 행복을 가져올 굳세고 성실한 손을 그리워하면서 이 시를 외웁니다.

심사위원장 : 감사합니다. 가셔도 좋습니다.

(이순이 퇴장)

심사위원 5 : 다음 김영숙 간호원 들어오십시오.

(김영숙 입장하여 자리에 앉는다.)

심사위원 5 : 김 간호원은 학교성적이 좋고 병원 실습보고도 좋습니다. 간호원의 자격이 충분히 갖추어진 좋은 간호원이라고 믿어집니다.

김영숙 : 고맙습니다.

심사위원 5 : 독일에 가는 한국 간호원으로서 어떤 것을 기대하십니까?

김영숙 : 간호원은 어디까지나 전문 기술과 학식을 갖춘 전문 직업인입니다. 우리가 독일에 가서 독일 사람이 하고 싶지 않는 병원 소제나, 환자 목욕시키는 일만 하기를 기대하지 않습니다.

심사위원 5 : 지금 우리나라는 경제개발도상국으로서 외화가 많이 필요할 때입니다. 그 외화를 벌어들이기 위해 독일 병원이 원하는 대로 모든 일을 하여야 되지 않겠습니까?

김영숙 : 저는 외화를 한국으로 벌어들이기 위해 한국 간호원들이 독일에 간다고 생각하고 싶지 않습니다. 물론 우리의 노동의 대가로 외화를 벌어들이는 것은 좋은 일이겠지요. 그러나 그것은 어디까지나 이차적인 문제입니다. 우선 제일 중요한 것은 간호원으로서 교육받고 기술을 익힌 직업인으로서 일하고 정당한 대가를 받기를 기대합니다. 그 이상도 그 이하도 저는 기대하지 않습니다.

심사위원 4 : 그러면 독일에 가서 김영숙 씨가 기대했던 것처럼 노동조건이 좋지 않다든가 기대하지 않았던 일을 하게 될 때 김영숙 씨는어떻게 하실 겁니까?

김영숙 : 그런 기대에 어긋나는 일이 있기를 기대하지 않지만, 만일 우리가 계약한 조건과 약속에 어긋나는 일이 있을 때 우리는 항의도 할 수 있고 심지어 파업도 할 수 있다고 생각합니다.(관중들 크게 박수를 친다.) 그럴 때 우리나라 정부와 우리를 독일에 보낸 사람들이 우리 편에 서서 우리의 권리를 보호해 줄 의무가 있다고 생각합니다.

심사위원 5 : 김영숙 양은 겸손치 못하고 위험한 요소를 지니고 있습니다. 어떻게 독일에 일하러 간 간호원이 자기 기대에 어긋난다고 해서 항의하고 파업까지 한다고 할 수 있습니까? 이러한 문제는 한국정부와 독일정부, 그리고 관계기관끼리 해결할 문제지 그곳에 일하러 간 간호원들이 해결할 문제가 아니지 않소!

(심사원 화가 난 목소리로 말한다.)

심사위원장 : 아니, 김영숙 양이 곧 독일에 가면 항의하겠다니, 파업을 하겠다는 것이 아니고 만일 독일에 가서 약속된 계약에 어긋나는 일이 있다든지 할 때 항의할 수 있고 파업도 일으킬 수 있다는 한 가능성을 말하는 것뿐이라고 생각합니다.

장수조 : 저도 심사위원장 생각과 같습니다. 그리고 한국 간호원이 독일에 가서 받아야 할 대우는 받고, 간호원으로서의 근본적 권리를 보장받도록 우리는 도와야 할 것입니다. 딱딱한 분위기도 깰 겸 김영숙 간호원 독일에 가서 우리나라 문화를 소개할 민요나 하나 불러 보실까요?

김영숙 : 저는 가수도 아니고 무용가도 아닙니다. 저는 그런 탤런트(Talent)도 없고요.

심사위원장 : 김영숙 양의 고집이 너무 심한 것 같습니다. 여기는 독일 파견 한국간호원을 선발하는 심사장입니다. 심사위원이 요구하는 대로 응하십시오.

(김영숙 앉았던 의자에서 일어나)

김영숙 : 설날이 가까워 오니깐 설날 노래를 하나 부르겠습니다. '까치 까치 설날은 어제이구요. 우리 우리 설날은 오늘이래요'

(짧은 노래를 부르고 심사위원들에게 절을 하고 김영숙 양 서 있다.)

심사위원장 : 김영숙 양, 나가도 좋습니다. (김영숙 퇴장)

심사위원장 : 오늘 심사는 이것으로 끝내겠습니다. 내주 금요일 오전 9시부터 독일파견 한국 간호원 선발 결정이 이 장소에서 있겠습니다. 한분도 빠지지 마시고 다음주 마지막 회의에 참석해 주시기 바랍니다. 심사위원님 모두들 수고 하셨습니다.

(심사위원들 일어서서 각자 '수고 하셨습니다' 라고 인사하면서 퇴장하며 막이 내린다.)

제 2막 2장

(장수조 교수 사무실, 때는 저녁 9시경 전기불이 켜져 있는 방에 책꽂이가 보이고 책상위에 책들이 어수선하게 늘어져 있는데서 장 교수 열심히 현미경을 보고 있다. 문을 두드리는 소리가 들린다.)

장수조 : 들어오십시오.

이순이 : 장 선생님 안녕하셨어요?

장수조 : 아 미스 리, 오랜만입니다. 어쩐 일입니까?

이순이 : 병원에서 일을 마치고 집으로 돌아가는 길에 선생님 사무실에 불이 켜져 있는 것을 보고 잠깐 들렸습니다. 용서하세요.

장수조 : 아, 괜찮습니다. 그렇잖아도 한번 만나서 이야기 하고 싶었습니다. 좀 앉으십시오. 독일 파견 한국 간호원 심사에 통과한 것을 우선 축하합니다.

이순이 : 그것이 그렇게 장 선생님으로부터 축하 받아야 할 것인지 모르겠습니다.

장수조 : 왜요? 축하할 일이지요. 그 심사에 통과됨으로써 일본 도쿄를 지나 미국의 알라스카에 갔다가 북극을 날아 서양문화의 전통을 자랑하는 독일에 간다는 것이 어떻게 축하할 일이 아니겠어요. 독일로 가서는 서독의 국제도시인 마인강변의 Frankcfurt(프랑크푸르트)에 사시게 된다는 기쁜 소식을 들었겠지만 이번에

선출된 우리 간호원들은 프랑크푸르트 대학병원에서 일하게 됐답니다.

이순이 : 저는 아직 그러한 자세한 소식은 듣지 못했습니다.

장수조 : 그리고 한국 간호원들이 일하는 첫 달부터 550마르크의 월급을 받게 되고 독일 간호사와 거의 같은 대우를 받는다고 합니다. 이 모든 것이 기뻐할 일이 아닌가요? (이순이 말이 없다.)

장수조 : 그리고 또 프랑크푸르트는 독일의 저명한 세계적 문인이고 학자인 Goethe(괴테)의 출생지이고 그곳 대학교를 Goethe 대학교라 부르고 우리나라 유학생들도 많이 있고 하니까 그곳에 가면 애인도 생겨서 마인강변을 산보할 기회도 있을 것이고…… 이 모두가 축하할 일이 아니겠습니까?

이순이 : 저는 오늘 장 선생님으로부터 그런 이야기를 들으러 온 것이 아닙니다. 선생님의 강의실에서 우리를 가르치던 때와 오늘 저녁 이야기엔 너무 차이가 있는 것 같습니다. 저는 오늘 저녁 장 교수님께 지난 며칠 동안 심각히 생각하면서 결정한 저의 미래를 상담하기 위해 장 선생님께 왔습니다.

장수조 : 무슨 문제가 그렇게 심각하지요?

이순이 : 저는 독일에 가는 것을 포기하려고 합니다.

(장수조 교수 놀란 듯이 의자에서 일어나 이순이 간호원에게 다가 가면서)

장수조 : 무슨 이유에서 입니까?

이순이 : 제가 간호학교에 다니고 간호원이 된 것은 독일에 가기 위해서가 아니고 유럽 여행을 하기 위해서도 물론 아닙니다. 내가 간호원이 된 것은 어떤 특별한 목적에서 된 것입니다.

(장수조 교수 긴 이야기를 들으려는 것처럼 의자로 다시 돌아가 몸을 깊이 기대어 앉는다. 그리고 이순이가 말을 계속 이어간다.)

이순이: 제가 처음 간호원이 되겠다고 마음먹었던 것은 6·25사변이 나던 해, 제 나이가 열 살이 되기 전이었습니다. 그때 저희들은 서울에서 고생 고생하여 부산으로 피난 갔다가 하나밖에 없는 오빠는 열여덟 살이 되는 달에 군대에 가고 저의 어머니는 그때 부산 육군병원에서 일하였습니다. 아침 일찍 떠나서 밤늦게 돌아오시는 어머니로부터 어머니의 병원 일에 대해서 들을 기회가 많지는 않았습니다. 그러나 가끔 어머니가 하는 말에 전선에서 부상당한 군인들이 하도 많아 그 군인들을 돌봐 줄 의사와 간호원들이 모자라 상처를 손도 보지 못해 총탄이 맞은 생살에 여름 버러지들이 기어 다닌다는 이야기를 들었습니다. 가끔 어머니와 병원에 가면 젊은 군인들의 아픔에 못 견디며 우는 신음소리를 들었습니다. 그때 나는 어린 몸으로서도 병원에 뛰어 들어가 그 아픈 군인들을 돌봐주고 싶은 충동을 느꼈습니다. 그때부터 나는 간호원이 되어 우리 동포를 위해 헌신할 것을 각오했습니다. 이러한 목적으로 간호원이 된 제가 이제 와서 독일로 가서 3년이나 남의 나라 사람을 간호한다는 것은 저의 간호원이 된 목적에서 벗어나는 것 같아 독일 가는 것을 포기하려고 합니다.

장수조: 미스 리는 정말 간호원으로서의 훌륭한 목적과 의무감을 지니고 있습니다. 우리나라 간호원 중에 미스 리와 같은 간호원이 있다는 것을 생각할 때 나 자신 의사로서 기쁨을 느낍니다. 그러나 미스 리가 간호원으로서의 의무감을 한국에만 한정하는 것은 너무 좁은 생각이 아닐까요?

이순이: 물론 우리들의 의무는 한국 사람들뿐 아니라 모든 인류를 도울 의무가 있습니다. 독일 사람이건, 영국 사람이건, 미국 사람이건, 소련 사람이건, 살색이 검은 사람이건, 흰 사람이건 우리는 남을 위하여 봉사해야 할 의무가 있다고 생각합니다. 제가 말하는 것은 독일 사람을 간호한다는 것이 저의 간호원으로서의 의무에 벗어난다는 것은 아닙니다. 다만 나의 나라와 나의 민족을 위해 일하는 데에 나의 간호원 된 목적이 있는 것이 아닌가 하는 것입니다.

장수조: 미스 리 우리나라를 사랑하고 우리 민족을 위하는 그 마음을 존경합니다. 그러나 이 세대에 사는 우리 젊은이는 이미 우리나라와 우리 민족만을 위해서 살 때

는 지났습니다. 전통적인 애국심은 위험한 사상이 될 수 있고 시대의 반역이 될 수 있습니다. 한국 간호원들의 독일 파견에 대해서는 좀 더 넓은 각도에서 생각해볼 필요가 있다고 생각합니다.

이순이: 우리들이 독일에 가서 일함으로 외화를 우리나라에 들어오게 하여 우리나라 경제발전에 도움이 된다는 말을 하시렵니까?

장수조: 아닙니다. 우리나라 간호원들이 독일에 가서 일하고 외화를 우리나라로 들어오게 한다든지 하는 것은 조금도 생각하고 싶지 않습니다.

이순이: 그러면 선생님이 이야기하려고 하는 것은 무엇입니까?

장수조: 우리나라 간호원이 독일에 간다는 이 사실은 현대 인류사회사에 일어나는 새 시대의 중요한 역사적 사건입니다. 지금 어디까지나 한 민족을 위하고 한 국가를 위하는 것만이 그 민족 또는 국민의 일원으로서의 의무를 다하는 것이 아닙니다. 우리는 새로운 시대에 살고 있습니다. 이 세계의 모든 인류가 인종적, 민족적, 국가적 심지어 문화적, 종교적 경계선을 초월해서 서로의 권리와 생명의 존엄성을 지켜주며 행복의 추구를 위하여 살아야 할 날이 왔습니다. 모든 세계인이 하나로 뭉쳐서 남을 위하여 산다는 것이 역사의 요구입니다.

(장수조 교수 자리에서 일어나 이쪽저쪽으로 거닐면서) 1776년 북미대륙의 13개 영국 식민지들이 영국에 반대하여 합중국이라는 이름으로 독립을 선언했을 때 "행복의 추구는 인간으로부터 분리할 수 없는 인간의 기본 권리"라고 했습니다. 이러한 기본 권리를 모든 세계인은 가져야 하는 것이고 우리는 그 권리의 보호를 위해 살아야겠습니다. 우리는 이미 민족국가 시대에 살고 있지 않습니다. 달라스에서 아깝게 흉한의 총에 맞아 죽은 전 미국의 케네디 대통령이 독일 베를린에 왔을 때 모든 세계인은 베를린의 시민이라고 했습니다. 우리는 나누어져 있는 베를린의 시민인 동시에 세계인입니다.

자기나라와 민족만을 위해 전 세계 인류에게 혹독한 죄를 지은 히틀러 정부와 일본 정부는 이미 지나간 역사 이야기입니다. 우리는 이런 역사를 되풀이해서는 안 되겠습니다. 새 시대에 사는 우리는 우리민족과 국가에 희생되는 일이 있어도 우리 인류의 전체를 위한 진리를 희생할 수 없습니다. 이러한 것을 생각할 때 미스 리가 간호원이 된 것은 우리나라와 우리민족을 위해서만이 그 목적이 있다는 것은 너무 좁은 생각이 아닐까요?

(장수조 교수 말을 끊고 잠시 이순이 간호원을 쳐다보며 반응을 살핀다. 그리고 계속 말을 이어간다.)

장수조 : 순이씨! 꼭 독일에 가셔서 말과 글이 다르고 살결이 다르고 생활방법이 다르더라도 모든 인류의 공통된 목적을 위하여 서로 같이 일할 수 있고 도울 수 있다는 진리를 증거하여 주시기 바랍니다.

이순이 : 저는 독일 파견에 대해서 장 선생님처럼 그렇게 깊게 생각해 보지 못했습니다. 저는 그렇게 깊게 이 문제를 생각해 볼 지성적인 기반도 없고요…… 그러나 장 선생님의 이야기는 큰 뜻이 있는 이야기입니다. 저는 이십 세가 넘은 오늘까지 그렇게 심각하고 뜻있는 이야기는 들어본 일이 없습니다. 제가 독일에 간다, 안 간다의 결정은 이성적인 것보다 너무 감정적이 아니었나 생각됩니다. 저희들의 독일 파견 문제가 그렇게 새 시대에 사는 우리에게 뜻있는 것이고 또 장 선생님의 가르침인 이상 제가 독일 가는 것을 포기한다고 한 것은 취소하겠습니다. (이순이 일어나서 장수조 교수와의 시선을 피하며) 그러나 한 가지 독일에 감으로서 장 선생님을 뵙지 못하고 거리가 멀어진다는 것을 생각할 때 정말 독일에 가고 싶지 않습니다.

장수조 : 이 지구위의 어느 지점에 우리들이 살든지 오늘날 이 지구위엔 먼 곳이 없습니다. 다만 인간 사이에 담을 쌓을 때만이 그 거리는 멀어지는 것입니다.

이순이 : 장 선생님의 말씀은 너무 지성적이어서 저는 잘 이해하지 못하겠고, 장 선생님께서도 제가 말하는 뜻을 이해하지 못하는 것 같아요. 제가 말하고 싶은 것은……

장수조 : 무슨 말씀이지요?

(이순이 문 쪽으로 걸어가면서)

이순이 : 제가 말하고 싶은 것은……(잠시 머뭇거리다가)

이야기 못 하겠어요. 아무튼지 제가 독일에 가 있는 동안 저와 장 선생님 사이에 담이 쌓이지 않길 바랍니다.

장수조 : 그럴 리가 없겠지요. 부디 몸조심하시고……

이순이 : 나는 언제나 장 선생님을 잊지 않겠습니다.

(이순이 문 밖으로 서둘러 나가려고 한다.)

장수조 : 순이 씨, 잠깐만!

(장수조 교수 순이 가까이 가서 이순이의 두 손을 잡는다.)

장수조 : 순이씨, 이렇게 헤어진다는 것이 너무 섭섭합니다. 이번 주 주말 만나서 산보도 하고 이야기도 같이 나누고 헤어집시다. 순이 씨가 독일로 간다는 것이 기쁘면서도 한편으로 아주 서운합니다.

이순이 : 저도 그렇습니다. 선생님, 이번 주말 토요일이나 일요일 오후에 시간이 있습니다.

장수조 : 좋습니다. 이번 토요일 12시 반에 남산 어린이 공원 입구에서 만납시다.

이순이 : 네, 그렇게 하겠습니다. 꼭 비가 오더라도 저는 나가겠습니다.

장수조 : 그럼, 안녕. 이번 토요일까지.

제 2막 3장

(남산 어린이 공원, 무대 배경은 남산이 보이고 나무숲이 우거진 앞에 네 사람 가량 앉을 수 있는 공원용 의자 앞에 이순이 서서 장수조 오는 것을 기다리고 있다. 날씨가 흐리고 비가 올 것 같고 이순이 양산을 들고 있다. 장수조 교수 뛰어 바삐 이순이 앞으로 온다. 이순이 공손히 장수조 교수 앞에 곱게 절을 하며 웃음을 띤다.)

장수조 : 시간이 늦어져서 미안합니다. 잠깐 사무실에 들렀는데 오래 못 보던 고향 친구가 찾아와서 곧 자리를 뜰 수 없어 늦었습니다. 용서하세요.

이순이 : 아니에요, 선생님. 용서가 뭐예요? 그리고 시간도 그렇게 늦지 않았는데요 뭐. 바삐 산으로 올라오신다고 숨이 가쁘신 모양인데, 좀 앉으세요.

장수조 : 그럽시다.

(둘이서 서로 어색한 듯 앉아 있다.)

이순이 : 장 선생님 고향 친구라면 그 사람도 이북에서 내려오신 분이십니까?

장수조 : 네, 그렇습니다. 그 친구와 나는 평양 가까운 같은 마을에서 자라고 같은 학교에 다니고 형제 같이 친한 친구입니다.

이순이 : 그렇게 형제 같이 친한 친구들이 왜 자주 만나지 못했는지요?

장수조 : 그 친구는 서울서 떨어진 수원에서 수학을 가르치는 고등학교 선생이고, 나도 의사로서 또 간호학교 교사로서 바쁘게 지내다 보니까 세월은 빨리 흐르고 자연히 자주 못 만나게 되는군요. 그러나 우리는 만나지 못할 때는 전화로 또 편지로도 연락하며 언제나 가까이 지냅니다.

이순이 : 그렇게 가까이 지내는 친구가 있어서 장 선생님은 좋겠습니다.

장수조 : 그렇고말고요. 그렇게 좋은 친구가 있다는 건 큰 축복입니다. 부모형제, 친척들이 북에 계시기 때문에 우리 둘은 형제들 보다 더 가깝게 지냅니다. 가까이

지내는 이유는 고향이 같고 어릴 때부터 같이 자랐다는 이유도 있지만, 우리들이 열다섯 살 때 6·25동란을 맞이해 1950년 가을 국군이 평양에 입성하게 되고 또 그 해 말 중공군들이 한국전쟁에 개입하여 1951년 1월 4일 국군의 후퇴가 있었을 때 부모님들에게 전쟁이 끝나면 곧 고향으로 돌아오겠다고 약속하고 춥고 눈 내리는 먼 길을 걷기도 하고 기차를 타기도 하고 해서 고생고생 끝에 서울에 피난 내려왔다가 부산까지 내려갔었습니다. 1951년 유엔군의 춘기공세로 중공군을 서울 북쪽으로 쫓겨 올린 뒤 다시 서울에 올라와 그 친구와 나는 고학을 하면서 학교에 다녔습니다. 고학은 남의 집 허드렛일도 해주고, 밤에는 다방이나 식당을 다니면서 책, 신문, 잡지 같은 것을 팔면서 모은 돈으로 학교에 등록하고 고학을 했습니다.

이순이 : 저는 고향이 이남이기 때문에 북에서 내려오신 분들처럼 큰 고생은 없었습니다. 이북에 고향을 두고 이남에 와서 고학하면서 학교에 다니고 장 선생님처럼 의과대학까지 나와서 의사가 되고 간호학교 교수까지 된 것을 참 존경합니다.

장수조 : 고맙습니다. 지금 생각하면 나 스스로도 어떻게 그렇게 어려운 길을 살아왔는지 신비스러울 정도입니다.

이순이 : 그렇게 고생하면서도 성실히 공부하고 이렇게 성공하셨는데 고향 친척과 아무 연락도 못하고 부모님들이 어떻게 살고 계시는지 편지 한 장도 보낼 수 없으니 너무 답답하겠습니다.

장수조 : 그렇습니다. 부모님들이 이 세상에 살면 얼마나 사십니까? 백 년을 사십니까? 이백 년을 사십니까? 남북으로 헤어져 있는 부모형제를 만나지도 못하고 세월이 흘러가는 것도 안타까운 일인데, 편지 하나 교환 못한다니 말이 됩니까? 이것은 인간의 가장 기본적 삶의 권리를 부정하는 것이라고 생각합니다.

이순이 : 그래요, 제가 아기가 있는 어머니라면, 어떤 난관이 있더라도 그 아이와 같이 살고자 할 것입니다.

장수조 : 이 나라의 모든 이산가족의 어머니들이 그렇게 생각할 것입니다. 그런데 반공을 주장하는 사람들이 사상으로서의 공산주의를 반대하는 것이 아니라 북에

있는 우리 동족과 연락을 끊게 하려는 국제모략에 넘어가고 있는 것이 문제입니다. 그런 모략적인 사람들 속에는 일제시대 일본상관에게 과잉충성을 다 바친 친일 민족반역자들이 많고 이제는 새로운 정치세력에 충성을 다하면서 우리민족의 권리와 이익을 생각지 않는 사람들입니다. 그들 때문에 민족 분열의 비극은 계속되고 해방 후 우리나라가 분열되어 20년이 넘었는데도 통일에 대한 정치적 협상이나 계획은 없고 대결만 고조되고 있습니다.

이순이 : 이 좁은 땅덩어리의 조국이 외세로 인해 분열되어 민족의 비극은 계속되는데 통일에 대한 관심도 없고 또 통일을 주장하는 학생들을 체포하여 감옥에 가두고 고문하고 하는 정치인들은 이 시대의 민족 반역자들이 아닐까요?

장수조 : 그렇고말고요! 그들은 우리 민족의 이익을 생각지 않습니다. 북과 화해하고 통일하자고 하는 학생들은 이북의 지령을 받고 노는 빨갱이들이라고 하는데 이것은 정말 당치 않는 말입니다. 언젠가 우리 조국은 통일될 것이고 통일된 그날에 이 분열 시대에 살면서 통일을 방해해온 정치인들은 민족반역자로 처단될 것입니다.

이순이 : 빨리 그러한 시대가 오면 얼마나 좋을까요……

장수조 : 우리가 그러한 시대가 빨리 오기를 바란다고 해서 그런 시대가 오지는 않을 것입니다. 통일은 우리민족에게 주어진 이 시대의 과업입니다. 과거 일제 식민지 시대에 우리 선배들이 민족의 해방과 조국의 독립을 위해 모든 것을 희생하면서 국내에서 뿐 아니라, 중국에서, 러시아에서, 일본에서, 미국에서 싸운 것처럼 우리도 어디 있든지 이 통일을 위해 싸워야 하지 않을까요?

이순이 : 일반적으로 이북에 고향을 가지고 이남으로 오신 분들은 이북을 악마의 나라 또는 그곳 정치 지도자들을 마귀로 취급하고 그 마귀들하고 어떻게 화해하며 평화적으로 통일을 이룩할 수 있겠느냐고 하는데 장 선생님은 북이 고향인데도 조국의 앞날에 대해서 생각하는 것이 아주 다른 것 같습니다.

장수조 : 이북 사람이라고 생각하는 것이 다 같을 수는 없겠지요. 이남 사람이라 해서 정치사상이 다 같지는 않습니다. 우리 민족 사이에 서로 다른 정치, 교육, 경제 사

상이 있다는 것은 민족의 보배이고 자랑입니다.

이순이 : 그런데 자유국가, 민주국가를 주장하는 우리 정치체제에서 모든 것이 독재적으로 이루어지고 있는 것은 참 불행한 일입니다.

장수조 : 그렇습니다. 그러나 그러한 독재 군사체제는 오래가지 못할 것입니다. 오래가면 갈수록 크나큰 비극을 우리나라 정치계에 초래할 것입니다.

(부슬비가 내리기 시작한다.)

장수조 : 아 순이씨~, 어떻게 정치 이야기가 많아져서 미안합니다.

이순이 : 아니에요. 우리나라 현실을 걱정하고 민족의 앞날을 위해 좋은 정치를 꿈꾸는 것은 우리 민족 전체가 해야 할 의무가 아니겠습니까? 비가 좀 많이 내리네요.

(이순이 가지고 있는 양산을 펴고 장수조 교수를 씌워준다.)

장수조 : 정말 그렇게 생각해주어서 고맙고 기쁩니다. 이순이 양은 그런 통일문제라든지 정치문제에 대해서 조금도 관심이 없다고 생각했는데……

이순이 : 저는 통일문제에 대해서 아주 심각하게 생각하고 있습니다. 6·25와 같은 그런 민족의 비극이 다시 오지 않게 하기 위해 우리 민족에게 통일운동 이상으로 중요한 일은 없다고 봅니다.

장수조 : 옳은 말씀입니다. 우리 민족의 힘으로 통일을 이룩하는 그날을 위해 노력합시다. 지금 미국에 가 있는 한국 유학생, 유럽 더욱이 독일, 불란서에 유학 가 있는 우리 유학생들이 서 베를린에서 기차를 타고 동독에 가서 동독 물건이 서독보다 싸기 때문에 동독 물건을 많이 사가지고 온답니다. 그리고 유학생들의 부모가 북에서 오신 분들은 동 베를린에 있는 이북 대사관에 가서 친척들의 소식도 듣고 편지도 전하고 한답니다. 이러한 것은 자연발생적으로 민족을 사랑하는 양심에서 일어나는 일로서 절대 막을 수 없습니다. 그러나 군사독재체제는

이것을 막기 위해 있지도 않는 '독일 유학생 간첩사건' 같은 것을 꾸며낼 것입니다. 이러한 정치장난으로 꾸며낸 사건으로 많은 학생들이 학교를 쫓겨나고 감옥에 갈 것입니다. 그러나 그 학생들의 교수들은 고생하는 학생들을 찾아가 보지도 않고 침묵을 지킬 것입니다. 심지어 이러한 정치장난을 지지하는 교수들, 대학총장들도 나올 것입니다.

이순이: 정말 한심한 일입니다. 스승님과 학생간의 관계는 부모와 자식과의 관계와 같다는데, 우리나라의 분열과 대결상태를 정부는 이용하여 우리로 하여금 비인간화 하는 것 같습니다.

장수조: 순이 씨가 말하는 꼭 그대로입니다. 우리민족이 분열되고 20년이 넘는 동안 우리는 비인간화되고 '이웃사촌'으로서 가난하고 어려울 때 서로 돕고 사랑하며 살아온 우리 겨레의 아름다운 삶의 모습을 잊어가고 있습니다.

이순이: 그런 것을 생각할 때 우리나라의 통일은 하루도 늦추어서는 안 될 것 같습니다.

장수조: 그렇습니다, 순이 씨. 오늘 너무 딱딱한 정치 이야기들을 많이 해서 안됐습니다. 그렇지만 이 시대의 우리나라 젊은이들이 나누어야 할 뜻있는 이야기를 나누었다고 생각합니다.

이순이: 저도 그렇게 생각합니다. 더 길게 이야기를 나누고 싶은데, 오늘 저녁에 어머니와 식사를 같이하게 되어 있습니다. 제가 어머님한테 장 선생님 이야기를 많이 했는데, 오늘 저녁 식사에 같이 가시면 어떻겠습니까?

장수조: 고맙습니다. 저도 같이 가고 싶고 순이 씨 어머니도 만나보고 싶습니다. 그런데 오늘 사무실로 찾아온 그 고향 친구에게 저녁식사를 같이 하자고 약속하면서 이곳으로 뛰어왔기 때문에 그 친구에게 가 봐야 되겠습니다. 그리고 비를 맞아 옷도 젖었고…… 순이 씨 어머님을 뵙기엔 너무 제 모습이 초라한 것 같습니다.

이순이: 무슨 말씀을 그렇게 하십니까? 장 선생님은 언제 어떻게 보아도 멋있는데요 뭐…… 독일로 떠날 날이 가까워지니까 제 생활이 바빠지는 것 같습니다. 그러나 떠날 날이 얼마 남지 않았는데 그 시간들을 장 선생님과 함께 보내고 싶습

니다. 그리고 장 선생님과 제 어머니를 모시고 꼭 같이 한번 식사를 하고 싶습니다.

장수조 : 고맙습니다. 제 마음도 같습니다. 꼭 떠나기 전에 한번이라도 더 만나고 싶습니다. 그러나 서로 바빠서 다시 만나지 못하고 순이 씨가 떠날까봐 간단한 선물을 가지고 왔는데.

이순이 : 선생님도……

장수조 : 선물은 별것 아니고 제가 좋아하는 시집 두 권입니다. 한권은 김소월 시집이고 두 번째는 김지하 시집입니다. 나는 외롭고 고향이 그리울 때 이 두 시집을 이쪽 저쪽 뒤지면서 순서 없이 읽습니다. 김소월 시인은 일제시대 우리 민족의 정서를 잘 담아낸 민족시인이고, 김지하 시인은 이 독재시대에 사는 우리 민족의 괴로움과 아픔을 잘 표현해 주는 이 시대의 민족시인이라 생각합니다. 가끔 이 두 시인의 시를 읽으면서 저를 잊지 마시고 생각해 준다면 나는 행복하겠습니다.

이순이 : 제가 어떻게 장 선생님을 잊을 수 있겠습니까? 저는 장 선생님을 한평생 잊지 않을 것입니다. 제가 독일에 가 있는 동안 꼭 독일로 한번 여행 오시기 바랍니다. 역사적이고 낭만적 독일 도시도 둘러보시고 아름다운 라인강변도 같이 걸어보고 싶습니다.

장수조 : 고맙습니다. 꼭 그러한 기회가 있기를 저도 바라고 있습니다.

이순이 : 제가 헤어지기 전에 장 선생님께 읽고 싶은 시를 읽어드리고 떠나겠습니다.

장수조 : 헤어진다니요? 당치 않는 말입니다. 나는 순이 씨와 절대로 헤어지지 않습니다.

(이 말을 하면서 이순이 손을 꼭 잡는다. 그때 이순이 김소월의 시 '님의 노래'를 읽는다. 처음에는 조용한 소리로 시작하여 마지막에는 자기의 사랑을 고백하는 것처럼 큰 소리로 읽는다.)

장수조 : 그 시는 박은회라는 영남 진주 출신의 작곡가가 작곡한 것이 있습니다. 이 작곡가는 6·25동란 전에 서울대학교 음악대학에서 작곡을 전공하신 분인데 6·25가

터지자 공부를 그만두고 해병대에 입대하였습니다. 그러나 계속하여 작곡을 하였고 이 '님의 노래' 도 퍽 아름다운 곡입니다. 한번 불러볼까요?

이순이 : 네, 선생님. 꼭 그 노래를 불러 주세요.

(장수조 교수 의자에서 일어선다. 이순이도 따라서 일어나 부슬비를 막기 위해 양산을 장수조 교수 머리위에 덮어준다. 장수조 교수 조용히 그러나 고운 목소리로 '님의 노래' 박은희 곡을 1절만 부른다.)

이순이 : 아~ 너무 아름다워요. 그렇게 아름다운 곡이 어떻게 많은 사람의 입에서 불리지 않고 있나요?

장수조 : 예술도 상품화되고 권력에 좌우되는 이 나라에서 지방 출신의 작곡가의 예술적 가치를 쉽게 인정하지 않기 때문이라 생각합니다. 그러나 앞으로 이 '님의 노래' 뿐 아니라 많은 박은희 작곡가의 곡이 불려지게 되리라고 믿습니다.

이순이 : 선생님! 한번만 더 불러 주세요. 그 아름다운 곡이 저의 가슴을 따뜻하게 어루만져 주는 것 같습니다.

장수조 : 이번에는 1절과 2절 다 불러 드리겠습니다.

이순이 : 고마워요, 선생님.

(장수조 교수 '님의 노래' 1절과 2절을 아름다운목소리로 부른다.)

장수조 : 순이 씨도 시 하나 저에게 읽어 주셔야지요.

이순이 : 그럼요. 저는 김지하의 시 '서울 길' 을 읽겠습니다. 이 시는 이 나라 여성들의 아픔과 슬픔을 가장 잘 나타내고 있다고 봅니다.

(이순이 '서울 길' 을 조용하면서도 열정적으로 읽는다.)

간다
울지 마라 간다
흰 고개 검은 고개 목마른 고개 넘어
팍팍한 서울 길
몸 팔러 간다

언제야 돌아오리란
언제야 웃음으로 화안히
꽃피어 돌아오리란
댕기 풀 안쓰러운 약속도 없이
간다
울지 마라 간다
모질고 모진 세상에 살아도
분꽃이 잊힐까 밀 냄새가 잊힐까
사뭇사뭇 못 잊을 것을
꿈꾸다 눈물 젖어 돌아올 것을
밤이면 별빛 따라 돌아올 것을

간다
울지 마라 간다
하늘도 시름겨운 목마른 고개 넘어
팍팍한 서울 길
몸 팔러 간다!

장수조: 참 엄숙한 시입니다. 오늘 저녁 끝나도록 이대로 서서 순이 씨가 읽는 시를 듣고 싶습니다.

이순이 : 저도 그래요. 그러나 약속이 있고, 가는 길은 가야하고…… 떠나기 전에 제 오빠가 6·25전에 자주 부르던 안기영 작곡의 '작별' 을 1절 부르겠습니다.

장수조 : 순이 씨가 그 노래를 어떻게 알고 계십니까? 고향이 그립고 외로울 때 나도 안기영 작곡의 그 노래를 가끔 부릅니다. 순이 씨가 1절을 부르면 제가 2절을 부를게요. 그리고 3절을 같이 불러요.

이순이 : 너무 좋습니다. 선생님! 제가 1절을 부를게요.

(이순이 노래를 부른다.)

오 내 사랑 오 내 사랑 어인일가 이 이별
푸른 동산 나무아래 너를 보지 못하리
(후렴) 잘가오 이 험한 길 기약 없는 이별이나
서로 맺은 굳은 맘 영원히 흐르리

(곧 장수조 교수 이어서 2절을 부른다.)

푸른 언덕 흐르는 시내
고운 새들 지저길 때
오 내 품에 안기던 그대
이제 어디 가려나
(후렴)

(같이 3절을 부른다.)

오 내 사랑 오 내 사랑
내게 준 그 맘과 뜻

이 내 가슴속에 삭여
무궁토록 지키리
(후렴)

(3절이 끝나고 하나의 양산 밑에선 두 사람의 몸이 한 몸같이 가까이 붙고 입을 맞추는 모습은 양산에 가려 보이지 않는다.)

제 3막 1장

(Frankfurt 대학병원 간호부장 Meyer양의 응접실 한국간호원들 20명가량 앉아 있거나 일부 서있다.)

Meyer : 긴 여로에 모두 피곤하실 텐데도 불구하고 이렇게 찾아주어서 감사합니다. 여러분이 이렇게 무사히 도착한 것을 대단히 기쁘게 생각합니다. 여러분이 이곳에 계시는 동안 하느님의 축복이 여러분과 같이 하시길 바랍니다. 저의 고향은 이곳에서 얼마 떨어지지 않은 하나우(Hanau)입니다. 저는 그곳에서 작은 교회 목사의 딸로 자라났습니다. 이웃의 슬픔과 기쁨을 같이 나누면서 한평생 사신 저의 아버지를 따르는 길로 저는 이렇게 간호원이 되어 아직 결혼도 못하고 병원 밥을 먹고 살고 있습니다(싱긋 웃는다). 여러분이 여기 계시는 동안 좋은 벗이 되길 노력하겠습니다. 독일에서는 간호원을 Schwester라고 합니다. 이것은 남자로서 교회 일을 맡아 보는 사람들을 Bruder라고 하는 것처럼 간호원은 여자로서 남을 위하여 희생적으로 일하는 목사와 같은 직업을 뜻합니다. 우리 서로 같이 도우면서 우리 개인 개인의 이익을 위해서가 아니라 이 병원을 찾아오는 여러 환자들을 위해 희생적으로 일하며 아픔을 덜어주고, 그들에게 삶의 기쁨을 줄 수 있도록 노력 합시다.

김영숙 : 대단히 감사합니다. 정말 우리도 Schwester Meyer와 친한 친구가 되고 같은 여형제가 되길 바랍니다. 오늘 저녁 이 병원에서 일하게 된 기념으로 저희들이 한국으로부터 가지고 온 몇 가지 선물을 Schwester Meyer께 드리겠습니다.

Meyer : 아…… 감사합니다.

(어느 간호원이 일어나 첫째 빨간색의 꽃병을 김영숙에게 전달한다. 김영숙 그 꽃병을 Meyer에게 전달하면서)

김영숙 : 이것은 우리나라 사람들이 좋아하는 꽃병이며 우리나라의 아름다운 특산물의

하나입니다.

Meyer : 이렇게 고운 색깔을 본 일이 없어요. 정말 귀하게 간직하겠습니다. 단케(Danke), 단케(Danke)

(간호원 하나 풍경화와 동양화를 김영숙에게 전달하고)

김영숙 : 이 그림은 우리나라 시골 풍경을 그린 그림인데, 우리나라의 손꼽는 화가가 그린 것입니다.

Meyer : 정말 아름다운 그림입니다. 나의 눈에 익숙한 서양화에 비해 아주 산뜻하고 간소하면서 아름답습니다. 어떻게 감사해야 될지 모르겠습니다. 단케…… 단케……

김영숙 : 이것은 한국의 인형입니다. (여자 옷을 입은 인형을 Meyer에게 전달한다.)

Meyer : 와! 정말 감사합니다. (한복을 입은 간호원 옆으로 가서 옷을 만지면서) 이 인형처럼 여러분들 맵시가 있습니다.

김영숙 : 마지막으로 우리들이 Sh. Meyer에게 드리고 싶은 선물은 우리나라의 국기입니다. 모든 나라의 국기가 그러하듯이 이 국기도 우리 한국인의 소망과 행복과 권리를 상징합니다. 우리나라와 독일과의 우의와 친교를 바라는 의미에서 이 국기를 당신에게 드립니다.

Meyer : 정말 감개무량합니다. 제가 이렇게 귀한 선물을 받아야 할 자격이 있는지 모르겠습니다. 뭐라고 감사해야 될지 모르겠군요.

(한국 간호원들 합창으로 "비테 쉔" 을 외친 후 모두 함께 웃는다.)

Meyer : 여러분 독일어를 참 잘하십니다.

간호원 1 : 잘하지 못합니다. 몇 마디 아는 것뿐이지요.

Meyer : 저는 오늘 저녁 여러분을 위해 아무것도 준비해 놓은 것이 없습니다. 다만 커피

와 티가 있고 간단한 샌드위치가 있는데 여러분들의 입맛에 맞을지 모르겠네요.

(Meyer가 부엌에서 준비해 두었던 음식들을 가지고 나온다.)

Meyer : 여러분 모두 오세요.

(한국 간호원 한 명이 일어나 음식이 있는 테이블로 나가면서 "먹는 데는 내가 선수거든……" 하면서 샌드위치 한 조각을 입에 넣고 커피를 따라 마신다. 다른 간호원들도 하나 둘 일어나 잔에 음료를 따른 후 Meyer양을 둘러싸고 이야기를 나눈다.)

김영숙 : (Meyer를 보면서) 커피 향과 맛이 정말 좋습니다.

Meyer : 그래요? Danke.

이순이 : 독일에는 커피 값이 비싸다는데, 이렇게 많은 커피를 끓여 주셔서 정말 감사합니다.

Meyer : 이렇게 할 수 있는 것을 기쁘게 생각합니다. (다른 사람들을 모두 들을 수 있게 큰 소리로) 여러분 마실 것은 얼마든지 있으니 많이 드시고 내일 여러분도 나도 일을 안 하니깐 편히 즐기고 돌아가시길 바랍니다.

김영숙 : 감사합니다! Sh. Meyer. 우리 한국 간호원들은 이렇게 같이 모이면 우리가 좋아하는 노래를 부르면서 피로를 풀곤 하는데, 이제 앞으로 일이 시작되면 이렇게 함께 모일 기회도 적을 테고 또 Meyer 씨에게 우리나라 노래를 소개할 겸 우리나라 노래를 부르고 싶은데 괜찮을까요?

Meyer : 물론이지요. 그런데 저 혼자 이렇게 즐기기는 너무 억울한 일입니다. 병원의 스태프 몇 명 연락해서 같이 즐겼으면 합니다. 잠시만 기다리세요.

(전화기를 들고 누군가와 통화를 시작한다.)

김영숙 : (한국 간호원들을 향해) 우리 모두 같이 일어서서 독일 사람들이 깜짝 놀라게 도라지 타령을 멋들어지게 한번 불러봅시다.

(모두가 "좋습니다!" 라고 대답할 때 Meyer가 통화를 끝내고 돌아온다. 이때 모두들 일어나 팔을 서로 끼고 도라지 타령을 부르기 시작한다.)

(노래가 끝나고 Meyer를 향해 절을 하고 모두 자리에 앉는다.)

Meyer : (박수를 치면서) 안콜, 안콜, 안콜

(이때 Meyer와 통화를 했던 독일 사람들이 들어오면서 한국 간호원들과 간단한 인사를 나눈 후 자리에 앉는다.)

김영숙 : (자리에서 일어나며) 이어서 이번에는 모두 같이 밀양 아리랑을 같이 불러봅시다.

(한국 간호원들 모두 다시 일어나 밀양 아리랑을 합창한 후 다시 절을 하고 모두 자리에 앉는다.)

Meyer : (박수를 하면서) 브라보, 브라보

독일 간호원 : 한국 사람이 가장 좋아하는 민요가 있다고 들었는데 듣고 싶습니다. 그 노래 이름을 잊어버렸습니다.

김영숙 : '아리랑' 말이지요.

독일 간호원 : 네, 아리랑! 맞습니다. 그 아리랑이에요.

한국에 가 본 사람은 모두 그 아리랑 이야기를 하곤 합니다. 오늘 저녁 저에게도 한국 사람들이 모이는 곳에서는 언제나 들을 수 있다는 그 유명한 아리랑을 들을 수 있을까요?

김영숙 : 우리는 누가 아리랑을 부르라고 하지 않더라도 부르게 되어 있습니다. 그러나 그 아리랑 곡을 부르기 전에 우리들이 좋아하는 독일노래를 하나 부르겠습니다.

Meyer : 아니, 여러분께서 독일 노래도 아십니까?

(독일 사람들 의외라는 듯 서로를 쳐다보면서 고개를 갸웃거린다.)

김영숙 : 자, 여러분 우리 모두 로렐라이(Lorelei)를 부릅시다.

(독일 사람들 두 손을 가슴에 얹고 노래를 들으며 감탄한다. 노래가 끝나고 모두 자리에 앉는다.)

Meyer : 이렇게 여러분이 부르는 노래를 듣고 있으면 마치 천국에 온 것 같습니다. 여러분은 음악을 전공하는 학생 같고, 간호원 같지가 않습니다. 여러분의 전공이 아닌 음악을 이렇게 잘 할 땐 여러분의 본 직업인 간호원 일엔 얼마나 좋은 실력을 갖추고 있겠습니까!

김영숙 : 이제 시간도 많이 지났고 갈 시간도 된 것 같은데, 가기 전에 약속한데로 아리랑을 부르기로 하지요. 우리 이 노래 부를 때 멀리 떨어져 있는 우리 동포의 행복을 기원합시다. 우리 모두 일어나 아리랑을 두절 부르겠습니다.

(한국 간호원들 모두 일어선다.)

김영숙 : 시작

아리라-앙 아리라-앙 아라-리-요---

(아주 엄숙한 소리에 앉아 있던 독일 사람들 모두 일어나 국가를 듣는 것처럼 엄숙하게 서있다. 노래가 끝나면서 막이 내린다.)

제 3막 2장

(막이 오르면 비어 있는 한 병실에서 김영숙이 시트를 정리하며 병실을 청소하고 있고, 이순이가 병실로 들어온다.)

김영숙 : 아! 순이야! 반갑다. 요즘 어떻게 지내?

이순이 : 응! 매일 똑같이 환자 돌보고, 병실 정리하고…… 그래 영숙이 너는 어떻게 지내니?

김영숙 : (들고 있던 수건을 테이블에 팽개치듯 던지고 의자에 앉는다.) 지긋지긋해. 매일 반복되는 미래도 없는 이곳에서 청춘을 보내고 있다고 생각하니 미칠 것만 같아, 하루 빨리 이곳을 벗어나고 싶은 마음뿐이야.

이순이 : (김영숙 앞으로 다가가며) 그래도 이곳 사람들이 잘 대해주고 있고, 보수도 좋으니 한국보다는 좋다는 생각으로 일하면 좀 마음이 편해지지 않을까? 그리고 어차피 우린 3년 계약으로 이곳에 왔으니 3년만 지나면 다시 한국으로 돌아가 보다 여유 있는 생활을 할 수 있다고 생각하면 힘든 것도 참을 수 있다고 생각해.

김영숙 : (성을 내면서 벌떡 일어나) 얘! 3년이 뭐야 삼년이! 아까운 청춘 다 늙는다. 나는 간다.(말을 마치고 창문 쪽으로 걸어간다.)

이순이 : 간다니? 어디로?

(김영숙이 이순이 쪽으로 돌아선다.)

김영숙 : 미국으로, 내가 독일 온 것도 독일 오고 싶어서 온 줄 아니? 한국을 일단 떠나 미국으로 가기 위해서야. 미국에서 10시간 노동은 노동법 위반이야. 그리고 간호원 대우는 독일에 비할 것이 아니래. 그리고 미국에는 유학생이 많지 않니! 남자 유학생은 많은데 우리나라 처녀가 없어 어떤 호박이라도 미국에만 가면 결혼하고 아이 낳는대. 미국에서 2세만 낳게 되면 그 아이는 미국 시민이고, 미

국에 영주할 자격이 생기지 않니.

이순이 : 그런데 미국은 어떻게 가니?

김영숙 : 다 길을 찾으면 있는 법이야. 나의 친구 오빠가 미국 가 있는데 지금 큰 회사에 서 취직해 있고, 영주권도 가지고 있단다, 그 친구 오빠에게 미국으로 초대해 달라고 부탁했어. 그 초대 편지가 오면 그것으로서 미국 방문인으로서 비자가 나오게 된단 말이야. 그렇게 해서 일단 미국에 간 뒤엔 나도 병원에 취직해서 미국 있을 수 있는 기반을 잡으면 다 되는 거야.

김영숙 : 그렇게 미국에 가서 살다가 핸섬(Handsome)한 우리 유학생이나 만나면 결혼하고…… 아이! 정말 미국에 가고 싶어 죽겠어.

이순이 : 그래! 그 친구 오빠가 미국 입국을 위한 재정보증서 등 필요한 서류를 마련해 준대?

김영숙 : 며칠 전에 미국에 올 수 있도록 서류를 준비해보겠다는 편지가 왔어.

이순이 : 그렇지만 그 사람이 얼마나 빨리 그러한 서류를 준비해 줄는지, 또 그 사람이 보내주는 서류로서 미국 갈 수 있는 비자가 나올지 확실하지 않지 않니?

김영숙 : 물론 확실치야 않지 아직은. 그러나 나 개인의 행복과 미래를 위해 그런 길을 나 스스로 뚫어야 하지 않겠니? 나는 이 이상 독일 병원에서 못 살겠어.

이순이 : 그래 너는 언제나 너의 행복만을 위해서 생각하고 남의 생각은 조금도 하지 않았지? 네가 그 계약을 깨트리고 미국에 가버린다면 여기 남은 우리 한국 간호원들과 또 이 병원에 미치는 영향 같은 것도 좀 생각해봐야 하지 않겠니?

김영숙 : 애! 너 또 나한테 설교 하냐. 나는 너 그 목사 소리 같은 것 듣기 싫어. 나는 너하고 친하고 싶지만 너의 그런 태도 때문에 친해질 수가 없어.

이순이 : 아니야, 영숙아! 나는 너를 좋은 친구라고 생각해. 나도 네가 원하는 것처럼 행복한 날이 너에게 오길 바래. 그러나 자신의 행복만 생각하고 남의 행복 같은 것은 조금도 생각하지 않는 생활은 오히려 불행을 가지고 오지 않을까 싶어서 하는 말이야. 진정한 생의 행복과 기쁨은 남의 이익을 위하고 남의 행복을 위해서 살 때 오는 것이 아닌가 하는 나의 의견 발표에 지나지 않아.

김영숙 : 너의 그러한 의견 발표가 나의 마음에 거슬린다는 거야. 이 세상의 행복은 나 자신에 대한 충성과 나 자신을 위한 생활에서 오는 거야. 밤낮 남을 위한다, 위한다 하면서 사는 그 사람들이야말로 결국은 자기를 위한 생활이며 위선적인 생활이며 불행으로 이끄는 생활이야.

이순이 : 우리가 한국을 떠나기 며칠 전 나는 장 교수님과 만났었어.

김영숙 : 너 사랑을 고백했니?

이순이 : 아니야, 그런 이야기가 아니야. 그때 나는 아주 심각한 이야기를 들었어. 장 선생님이 그날 저녁 말하는데 우리들이 독일에 와서 일한다는 이 사실을 나 개인의 행복이나 성공과 연결해서 생각하지 말고 현대에 사는 젊은 세계인의 한사람으로서 새로운 역사의 사명과 연결해서 생각해 봐야 된다고 했어. 그러면서 하시는 말이 새 세대에 사는 우리는 나를 위해서가 아니고, 심지어 한걸음 더 나가서 나의 나라와 나의 민족만을 위해서가 아니고 세계를 위하고 전 인류를 위해서 살아야 하는 세대라고 하면서 이 새 역사의 뜻이 우리가 독일 와서 희생적으로 일하는 간호 생활에 있다고 하셨어.

김영숙 : 얘! 나는 그런 소리 듣기 싫다. 장 선생이 무슨 예언자냐? 우리가 한국에서 독일로 와서 일하는 게 뭐 그렇게 큰일이라고 세계인을 말하고 새 시대를 말하는 거냐? 모두 다 어리석은 소리야. 장 선생님은 꿈속에만 사는 푼수 없는 사람이야. 그래서 나이가 30이 훨씬 넘어서도 장가도 못가지. 그러니까 너와 같은 예쁜 아가씨가 그렇게 사모하고 있다는 것도 모르고 있지 않니…… 그런데, 얘 장 선생님으로부터 편지나 오니?

이순이 : 내가 편지하는 대로 가끔 답이 와.

김영숙 : 네가 장 선생님을 그렇게 사모하고 있는 것을 장 선생님도 알고 있기나 하니?

이순이 : 내가 언제 장 선생님을 그렇게 사모한다니?

김영숙 : 야, 거짓말 마라. 난 다 알아. 네가 얼마나 장 선생님을 그리워하고 있다는 걸……

이순이 : ……. 사랑한다는 것이 무엇인지 모르지만 나는 하루도 그 사람을 생각하지 않

는 날이 없어…….

(이순이 말을 더 하려고 하는데, Meyer 간호원이 들어온다. 둘은 갑자기 들어온 Meyer 간호원을 보며 어쩔 줄 몰라 하고 있는데,)

Meyer : "왜? 일하지 않고 한방에 둘이나 서 있느냐" (그러면서 자기스스로 환자 침대 옆에 놓여 있는 테이블을 정리하고 창문의 먼지를 걸레로 닦아낸다.)

Meyer : (청소를 마치고 이순이와 김영숙을 번갈아 쳐다보면서) 한방에서 둘이 그렇게 오래 있지 말고 딴방에도 방문해서 환자를 돌보고 방을 청소하시기 바랍니다. (Meyer간호원 퇴장.)

김영숙 : 야! 독일사람 지독하다. 이 사람들은 우리 간호원을 식모처럼 부려먹어.

이순이 : 나, 가볼게.

김영숙 : 얘! 좀 더 이야기하자. 뭣이 겁나 그렇게 나가니?

이순이 : 아니 겁나는 것이 아니라 일하는 간호원으로서 일하러 가는 거야 비-데센. (Wieder sehn.)

(이순이 퇴장하고 김영숙 혼자 남아 창문에 기대어 창밖을 바라보고 있다. 잠시 후 Meyer간호원이 다시 들어온다.)

Meyer : 김 간호원은 아직도 여기에 있나요? 일할 것이 많은데 이렇게 한 방에만 있으면 어떻게 합니까?

김영숙 : 이 병원에서 우리가 하는 일은 식모가 할일이지 간호원이 할 일이 아니에요.

Meyer : 간호원이 할 일이 아니라니요?

김영숙 : 간호원은 몇 해동안의 고등교육을 받은 기술인이에요. 이 병원에서 우리가 하는 일은 간호원의 일이 아니라 식모들이 하는 일이란 말이에요.

Meyer : 여기는 환자실이고 우리들이 시끄럽게 소리 지를 수 없습니다. 그러니 오늘 작업시간이 끝난 뒤 저의 방으로 와서 이야기를 해요. (조금은 격양된 목소리로) 이 병원에 있는 이상 이 병원이 요구하는 일을 완수할 책임이 있습니다.

제 3막 3장

(Meyer양의 응접실, 3막 1장과 같은 방, 다만 방안 왼쪽 벽엔 한국 간호원들로부터 받은 선물인 태극기가 걸려 있다. 그 오른쪽으로 촛불이 두 개 켜져 있는 식탁에서 Meyer양과 그녀의 남자친구인 Bauer가 함께 식사를 하고 있다.)

Bauer : (식사 중에 한국 국기를 한번 쳐다보고는) 한국 간호원들이 이 대학병원에 와서 일한지 벌써 일 년이 넘어가는 군요. 모두들 잘해 나가고 있습니까?

Meyer : 네, 대부분의 한국 간호원들은 성실하고 열심히 일합니다. 그러나 불평들이 많지요.

Bauer : 불평이 없을 리가 없겠지요. 말도 다르고 생활 방법이 다른 나라에서 일하니까.

Meyer : 한국 간호원들의 문제는 그런 것이 문제가 아니고, 독일에 올 때 너무 기대를 크게 가진 것 같고, 우리 독일 간호원 생활을 이해하지 못하는 것 같아요.

Bauer : 그래요?

Meyer : 우리가 한국 간호원을 초청할 땐 병원에 일할 간호원들의 손이 모자라서 한국 간호원들을 초청한 것이지요. 그런데 어떤 한국 간호원들은 독일에 와서 좀 더 훌륭한 간호교육과 기술을 배우기 위한 유학생으로 나온 것처럼 생각하고 있는 간호원들이 있습니다.

Bauer : 한국 사람들은 교육열이 대단히 높다는 이야기를 들었습니다.

Meyer : 정말 그런 것 같아요. 배우는 것에 대한 열이 높다는 것은 좋은 일이지요. 그러나 그 배운다는 것이 남을 위해서 일하는데 도움 되기 위한 교육이 아니고 순전히 자기 개인의 출세를 위한 욕망에서라면 교육의 목적에서 어긋나지 않나 생각합니다. 이 병원에서 필요한 간호원은 훌륭한 전문기술과 교육을 가진 분이 아니라 독일병원이 요구하는 대로 헌신적으로 일할 간호원들이 필요하지요.

(이때, 갑자기 세차게 문을 노크하는 소리가 들리고 Meyer와 Bauer 두 사람의 시선이 동시에 문 쪽으로 향한다.)

Meyer : 들어오세요.

(말이 끝나기도 전에 김영숙이 간호원 제복을 입고 들어온다. 들어온 김영숙은 거리낌 없이 두 사람의 식탁 가까이로 성큼 다가가 Meyer를 향하여)

김영숙 : 나는 이 이상 이 병원에서 견뎌내지 못하겠습니다. 나를 한국으로 보내 주세요.

Meyer : (당황한 표정으로 잠시 생각하는 듯하다, 자리에서 일어나 김영숙에게 다가간다) 한국으로 가는 것은 당신의 자유입니다. 그러나 Shwester 김이 한국에서 이 병원에 오게 될 때 3년 계약으로 왔기 때문에 그 3년 동안의 기간을 완수하지 못하고 가는 이상 3년 동안 우리 병원에서 미리 지불한 보험료와 항공료를 본인이 물어야 합니다.

김영숙 : 왜? 내가 그 비행기 값을 물어야 되죠?

Meyer : 그 이유는 한국 간호원들이 이곳에 올 때 왕복 비행기 값을 이 병원에서 모두 지불했기 때문입니다. 그러므로 3년 계약한 기한을 마치지 않고 돌아가는 이상 우리가 병원에서 부담한 그 비행기 값을 Shwester 김이 우리에게 내지 않으면 안 됩니다. 그리고 한국으로 돌아가는 여비는 Shwester 김 자신이 부담해야 되고요.

김영숙 : 그것은 말이 안 되는 소리입니다. 뭣 때문에 내가 한국으로 가는 내 비행기 값을 부담하면서 다시 병원에 비행기 값을 지불해야 됩니까?

Meyer : 조금 전에 내가 설명한 것처럼 한국 간호원들이 3년 계약으로 독일에 올 때 우리 병원에서 왕복 항공료를 미리 지불했는데, 그 3년 기한을 마치지 않고 돌아가는 이상 이 병원에서 비행기회사에 지불한 항공료를 본인이 부담해야 된다는 말입니다.

김영숙 : 그것은 이유에 합당하지 않습니다.

Meyer : 이유에 맞지 않는 소리라 하지만, 지금 이 독일에 와 있는 많은 한국 간호원들을 생각해 보십시오. 그 사람들이 모두 Shwester Kim처럼 일이 고되고 기대에 어그러진다고 3년 계약이 끝나기 전에 한국으로 돌아가겠다고 한다면 그들을 위해서 우리 병원이 지불한 비용들을 어떻게 감당하라는 말입니까?

김영숙 : 그것은 당신들의 몫이지요.

Meyer : 물론 Shwester Kim이 계약대로 3년을 마치고 가는 이상 독일에서 그 비용들을 부담하게 됩니다. 그러나 3년 계약을 깨고 가는 이상 이 병원에서 그 비용을 책임질 이유가 없습니다. 그러니 Shwester Kim이 귀국 여비와 그동안 우리 병원에서 지출한 비용을 부담한다면 우리 병원에서는 당신을 잡아 둘 아무런 이유도 없으며 오히려 Shwester Kim이 한국에 빨리 돌아갈 수 있도록 주선하겠습니다.

김영숙 : 나의 귀국을 위해 노력한다고요! 거짓말 같은 소리 그만하세요. 내가 이곳에 오기 위하여 소비된 돈을 다 보상해야 되고 또 나의 귀국 여비를 내가 지불해야 되는데, 무슨 돈이 있어 제가 한국으로 돌아갈 수 있겠습니까? 당신들은 우리를 움직이지 못하게 감옥에다 넣어 버리는 것과 무엇이 다르죠?

Meyer : 어떻게 생각하든지 그건 Shwester Kim의 자유입니다. 그러나 계약은 계약이고, 이 계약을 깨트릴 땐 법률문제까지 될 수 있습니다.

김영숙 : 돈으로 협박하고 이젠 또 법률문제로까지 나를 협박합니까? 당신들 독일 사람들은 인정이라는 것을 모르는 민족인 것 같군요.

Meyer : (소리를 높이면서) Shwester Kim은 우리 독일인을 무시하며 훈계하려는 말을 하고 있는데, 사실 나 개인이나 독일사람 누구라도 당신으로부터 배울 것은 아무것도 없다고 생각해요.

김영숙 : 배울 것이 없다고요. 내 한 가지 Shwester Meyer에게 묻겠습니다. 왜? 독일엔 간호원들이 모자라서 한국 간호원을 데려다가 이렇게 문제를 일으킵니까?

Meyer : 문제는 내가 일으키는 것이 아니라 한국 사람인 당신이 만들고 있어요.

김영숙 : 왜? 처음부터 독일에까지 한국 간호원들을 데리고 오게끔 독일에는 간호원이 모자라는 그 문제를 생각해 보란 말입니다.

Meyer : 그 문제도 우리 독일의 문제지 당신의 문제는 아닙니다.

김영숙 : 나의 문제가 아니라고요? 그러면 왜 내가 이 독일에서 당신과 같은 사람을 만나게 되었나요? 이것이 우리 서로의 공통된 문제가 아니라고요? 독일의 간호원 문제는 큰 문제입니다. 나를 어리석다고만 생각하지 말고 좀 들어 보세요. 간호원은 특별 기술을 가진 높은 교육 배경이 있는 기술인입니다. 이러한 사회의 특별한 직업인을 식모처럼 사용하다가는 독일의 젊은이들이 누가 간호원이 되겠다고 지망하겠습니까?

Meyer : 우리 독일에선 간호원이 된다는 것은 거의 세속적 생활을 떠나서 종교 생활에 들어가는 명예롭고 성스러운 직업입니다.

김영숙 : 좋습니다. 나는Shwester Meyer나 독일 사람들의 종교 생활에 대해서 아는 것도 없고 말할 자격이 없습니다. 다만 간호원의 한 사람으로서 볼 때 이러한 종교적 생활로서의 간호 직업은 이미 시대착오적 구시대의 관념 입니다. 그러기 때문에 당신들은 간호원이 모자라고 간호원 수준이 낮아 세계 간호협회에도 가입되지 못하는 실정이지 않습니까?

Meyer : 그러한 문제는 당신이 염려할 문제가 아니라고 생각하는데요. 당신은 맡겨진 간호원으로서의 의무 즉 당신의 의무만 충실히 하면서 이 병원과 계약을 지키는 것이 책임을 다하는 것입니다.

김영숙 : 당신들은 의무라는 것과 계약이라는 것에 매어 사는 융통성 없는 미개인들 같습니다. 나는 이 이상 바보 같은 당신하고 이야기 못하겠습니다.

(이영숙 말을 마친 후 성난 표정으로 퇴장한다.)

Meyer : (더욱 성난 목소리로 손을 내저으며) 이건 모독이야! 저렇게 이기적이고 책임감 없는 외국인으로부터 내가 모독을 받다니……

(말이 끝나고 한국 인형, 꽃병을 방바닥에 내어던지고 벽에 걸린 한국 풍경화도 떼어 던져 버린다. 그리고 태극기를 떼어 바닥에 던지려고 하다가는 들었던 손을 다시 내리고 잠시 생각에 잠기다가 태극기를 양손으로 펴 보인다.)

Meyer : (조용한 말로) 이것은 한국의 국기입니다. 모든 나라의 국기가 그러하듯이 이 국기도 한국인의 소망과 행복과 권리를 상징합니다. 한 나라 한 민족의 소망과 행복과 권리의 상징! 내가 무슨 권리가 있어 이 한국의 상징까지 미워하고 저주할 수 있겠습니까?

Bauer : Sh. Meyer! 정말 그렇습니다. 우리는 남의 소망과 행복의 추구를 저주할 권리가 없으며 더욱이 한 나라를 대표하는 국기를 천대할 수 없습니다.

(Meyer는 더 이상 말이 없고, Mr. Bauer는 땅에 널브러진 한국 인형과 풍경화를 집어 든다.)

Bauer : 이 인형도 저 한국 간호원들이 먼 자기들의 고국으로부터 손수 가지고 와서 선의와 우정의 상징으로 이것을 Meyer양께 드린 것입니다. 우리 인간관계에 있어 물질적 이해관계보다 이러한 상징적 면이 더 중요하고 귀한 것이 아닐까요?

(떨어져 있던 꽃병을 들어 쥐고 제자리로 갖다 놓는다.)

Bauer : 오늘 밤 Shwester Kim과의 대화에도 너무나 서로의 물질적 이해관계에만 중요시 하지 않았는가 생각합니다. 나는 그 한국 간호원의 이야기를 통해서 배운 것이 많습니다. 한국 간호원의 이야기를 순전히 그 사람의 불평 이야기로만 생각할 수 없습니다. 나는 독일 의사로서 그 한국 간호원으로부터 오늘 아주 중요한 것을 배웠고 우리나라 간호원의 사회적 지위 문제에 대해서 심각하게 생각해 볼 수 있는 기회를 가졌습니다.

(이때 노크 소리가 나고, 이순이와 한 간호원이 들어온다.)

이순이 : Shwester Meyer! Shwester Kim이 지금 울고 있습니다. 울면서 Sh. Kim이 말하는데 자기는 이때까지 너무나 자기 개인의 이익과 편리를 위해서만 살았고 남의 이익, 심지어 남의 마음 상하는 것 같은 일 따위는 조금도 신경 쓰지 않고 살았다고요. 또한 자기의 그러한 이기적이었던 생활을 뉘우치고 있습니다.

간호원 1 : Shwester Meyer! 용서하세요. 우리들은 고국을 떠나 말이 다르고 풍속이 다른 이곳에 와 있는 동안 괴로움과 외로움을 느낄 때가 많습니다. 이러한 괴로움과 외로움 속에 우리들은 불평하게 되고 우리들의 의무에 게으르게 될 때가 있습니다. Shwester Kim도 오늘 저녁 그러한 괴로움과 외로움을 Sh. Meyer에게 표현했을 따름일 것입니다.

(오랫동안 서로가 말이 없다.)

Meyer : 사실 용서를 바래야 할 사람은 당신들이 아니라 내가 해야 할 일입니다. 나는 너무나 직업적 의무만 중요시하고 한국 간호원들의 외로움 그리고 괴로움 같은 인간적 면은 생각해 보질 못했습니다. 저의 잘못입니다. 저를 용서하십시오.

Bauer : 한국 간호원들은 정말 훌륭한 분들입니다. 이 먼 나라에 와서 별 문제 없이 이정도로 잘 해나가고 있다는 것은 칭찬해야 할 일입니다. 우리 독일 간호원들이 한국병원에 가서 일을 한다면 헤아릴 수 없는 불평과 문제가 생길 것입니다.

이순이 : 사실 우리들의 말과 생활 방법, 사고방식이 다른 이상 어느 정도의 오해와 이해 관계의 차이가 있는 것은 자연스러운 것이라 생각합니다.

Bauer : 그렇습니다. 이러한 문화적 인종적 차이에도 불구하고 우리가 이렇게 한데 모여서 인간의 괴로움과 아픔을 덜기 위한 병원 일에 함께 종사한다는 이 사실이 너무나 중요한 가치와 삶의 깊이를 가지는 것이 아니겠습니까?

이순이 : 저의 고국에 제가 존경하고 사모하는 젊은 의사 한 분이 계십니다. 제가 한국을 떠나기 며칠 전 그분과 만났을 때 내가 독일 가는 것을 포기하고 우리 민족과 국가를 위해 일하지 독일에는 가지 않겠다고 말했더니, 그 선생님 하시는 말이 우리는 이미 나 개인을 위하고 나의 민족만을 위해 살 때가 아니라고 했습니다. 우리는 하나의 세계인으로서 세계인의 행복과 소망의 실현을 위해서 노력하는 것이 새 세대에 사는 젊은이의 사명이 아니겠습니까?

Bauer : 동감입니다. 우리는 새 역사의 움직임 속에 살고 있습니다. 우리들 하는 일에 괴로움이 있고 실망되는 것이 있다고 하더라도 우리들이 남을 위하여 일하고 새 세계의 행복을 위해 같이 뭉쳐서 일해야 할 것입니다.

Meyer : 나는 오늘밤 배우는 것이 너무 많고 느끼는 것이 너무 많습니다. 정말 우리는 나 개인의 의무실행이나 이해관계를 위해서만 일할 것이 아니라고 오늘 깨달았습니다. 이때까지 나의 간호부장의 일로서 병원의 이익만 생각하고 한국 간호원들의 괴로움 따윈 생각하지 못했습니다. 이때까지의 나의 개인적인 의무실행과 독일병원의 이익만 생각한 나를 용서해 주시기 바랍니다.

이순이 : 우리로부터 용서를 구할 것은 아무것도 없습니다. 우리들 사이에 말이 다르고 문화적 차이가 있음에도 불구하고 이렇게 함께 산다는 이 사실에서 우리는 서로 배우고 새 역사와 우리 젊은 세대의 삶의 뜻을 찾아보는 것 같습니다.

Meyer : Bauer 선생님! 이 태극기를 조심해서 저 벽에 다시 붙여 주십시오. 나는 이 태극기를 내 나라 국기보다 더 존중하고 귀중히 보관하겠습니다. 이 국기는 한국 사람의 소망과 행복과 권리를 상징할 뿐 아니라 남을 위하고 남의 나라와 민족을 위해 살아야 하는 나의 신념의 상징입니다.

(Dr. Bauer가 태극기를 벽에 걸고 한국 간호원들 그쪽을 주의 깊게 응시하고 있다.)

(Meyer 방바닥에 무릎을 꿇고 앉아 두 손을 모아 기도를 한다.)

Meyer : 저 극동 한국에 사는 형제들이여, 그리고 독일에 와서 고생하는 한국 간호원 동료들, 당신들의 소망은 나의 소망이며 당신들의 행복은 나의 행복입니다. 하느님이여 그들을 축복하시옵소서!

(Meyer 일어서서 이순이를 바라보며)

Meyer : Shwester 리, 우리들이 서로 이해하고 화해하게 된 것을 기쁘게 생각합니다. 오늘은 토요일 저녁이고 내일은 쉬는 날이니까 우리 오늘 저녁 파티를 엽시다. 가서 한국 간호원들 모두 이방으로 모셔 오세요. 나는 마시는 것과 먹는 것을 준비하겠습니다.

이순이 : 좋습니다. 그렇게 합시다.

(이순이와 같이 온 한국 간호원 퇴장하고 Meyer 간호부장은 과일, 빵, 와인, 커피 등을 준비하며 무대 가운데 있는 테이블에 올려놓고 Bauer 박사는 몇 사람에게 전화를 하며 Sh. Meyer방에서 파티가 있으니 오라고 한다.)

(잠시 후 한국 간호원들 10명이 독일 간호원들 8명과 함께 무대에 등장한다.)

김영숙 : Sh. Meyer! 제가 많은 실례를 한 것 같습니다. 죄송합니다. 용서하세요.

Meyer : 천만에요. 실례를 하고 용서를 빌어야 할 사람은 바로 저입니다.

김영숙 : 제가 너무 나 중심적 나의 이익만 생각하고 남을 생각하지 않은 것을 미안하게 생각합니다.

Meyer : 그것은 내가 할 말입니다. 나는 나의 의무와 책임 완수에만 급급하고 한국 간호원들이 독일에 와서 당하는 괴로움이나 외로움 같은 것에 관심을 두지 않은 것을 죄송하게 생각합니다.

이순이 : Meyer씨 감사합니다. 우리의 입장을 이해해 주시고 용서해 주심을 감사하게

생각합니다. 이제 우리 모두 화해하고 이 세상에 평화를 도모하기 위해 노력합시다.

Bauer : 그렇습니다. 오늘 저녁은 기쁘고 뜻 깊은 날입니다. 우리 다과와 마실 것을 들면서 한국 노래와 독일 노래도 부르면서 즐거운 시간을 보냅시다.

김영숙 : (Meyer 앞으로 다가가며) Ich Danke Ihnen Vielmals. 대단히 감사합니다.

Meyer : Danke Gleichfalls! — 저 역시 감사합니다.

(Meyer와 김영숙 서로 포옹한다.)

(그때 무대에 있는 모든 사람들 박수를 보낸다. 이어서 한국 간호원들 모두 박태준 곡 '동무생각' 을 부른다. 한국 간호원들의 노래가 끝났을 때 독일 간호원들이 "Sah ein Knab' ein Roslein stehn" (Goethe 시, Heinrich Werner 작곡)을 부르고 한국 간호원들도 같이 합창한다. 시간이 허용되면 한국민요, 독일명곡 등(더욱이 Heinrich Heine 시, Friedrich Silcher 작곡의 Die Lorelei 등) 더 부르면서 극이 끝난다.)

독일에 간 한국 간호원

초판인쇄 | 2009년 8월 19일
초판발행 | 2009년 8월 31일

지은이 | 강 위 조
펴낸이 | 서 영 애

펴 낸 곳 | 대양미디어
주　　소 | 서울시 중구 충무로5가 8-5 삼인빌딩 303호
전　　화 | (02)2276-0078, 0067
팩　　스 | (02)2267-7888
등록번호 | 2-4058

ISBN 978-89-92290-25-8 03810

값 10,000원